關於我們 ————————————————————

文房文化事業有限公司自 2000 年成立以來，
以「關懷孩子，引領孩子進入閱讀的世界，
培養孩子良好的品格」為宗旨，持續出版各種好書，
希望藉由生動的故事培養孩子的閱讀興趣。

我們熱愛孩子、熱愛閱讀、熱愛沉浸在每個故事中，
感受每段不一樣文字與圖畫。
因此，我們打造了一片故事花園，
在圖畫中找到藝術、在文字中學習愛與成長。

我想快快長大

文／洪宏

圖／大Q

天黑了，
Tiān hēi le

除了水邊的青蛙在低低地唱着歌，
chú le shuǐ biān de qīng wā zài dī dī de chàng zhe gē

草裏的小蟲子都進入了夢鄉。
cǎo lǐ de xiǎo chóng zi dōu jìn rù le mèng xiāng

小荳躺在床上，聽媽咪說故事。
Xiǎo dòu tǎng zài chuáng shàng tīng mā mī shuō gù shi

「王子公主從此過着幸福快樂的生活……」
Wáng zi gōng zhǔ cóng cǐ guò zhe xìng fú kuài lè de shēng huó

「媽咪，我長大可以當公主嗎？」
Mā mī wǒ zhǎng dà kě yǐ dāng gōng zhǔ ma

「當然可以呀！」
Dāng rán kě yǐ ya

「每一個人都會長大嗎？」
Měi yí ge rén dōu huì zhǎng dà ma

「會喔！大家都是從
Huì ō dà jiā dōu shì cóng

小寶寶開始，慢慢地、
xiǎo bǎo bǎo kāi shǐ màn màn de

慢慢地長大。」
màn màn de zhǎng dà

「是啊！每一個人出生後，
Shì a měi yí ge rén chū shēng hòu

都是可愛的小嬰兒。」
dōu shì kě ài de xiǎo yīng ér

「我也是從小嬰兒
Wǒ yě shì cóng xiǎo yīng ér

開始長大的嗎？」
kāi shǐ zhǎng dà de ma

「外婆跟外公也是從小嬰兒
Wài pó gēn wài gōng yě shì cóng xiǎo yīng ér

開始長大嗎？」
kāi shǐ zhǎng dà ma

「他們也是啊！」
Tā men yě shì a

「所以，媽咪跟爸比
Suǒ yǐ   mā mī gēn bà bǐ
以後也會變得像外婆、
yǐ hòu yě huì biàn de xiàng wài pó
外公一樣嗎？」
wài gōng yí yàng ma

「是啊！
Shì a
我們都會變老。」
Wǒ men dōu huì biàn lǎo

「變老以後就會跟外婆一樣，
Biàn lǎo yǐ hòu jiù huì gēn wài pó yí yàng

梳頭髮的時候手會不停地抖，
shū tóu fǎ de shí hòu shǒu huì bù tíng de dǒu

跟外公一樣，腳站不穩嗎？」
gēn wài gōng yí yàng jiǎo zhàn bù wěn ma

「是啊！
Shì a

所以，我們要愛護外婆跟外公。
Suǒ yǐ wǒ men yào ài hù wài pó gēn wài gōng

你要緊緊地握着外公的手，
Nǐ yào jǐn jǐn de wò zhe wài gōng de shǒu

陪着他慢慢地走。」
péi zhe tā màn màn de zǒu

「我會幫外婆梳頭髮，
Wǒ huì bāng wài pó shū tóu fǎ

就像媽咪幫我梳頭髮一樣。」
jiù xiàng mā mī bāng wǒ shū tóu fǎ yí yàng

「睡覺的時候，
Shuì jiào de shí hòu

我也會抱抱外婆、外公，
wǒ yě huì bào bào wài pó wài gōng

唱着他們最喜歡的歌。」
chàng zhe tā men zuì xǐ huān de gē

媽咪抱着小荳，抱得好緊好緊。
Mā mī bào zhe xiǎo dòu bào de hǎo jǐn hǎo jǐn

「當你還很小的時候，
Dāng nǐ hái hěn xiǎo de shí hòu

　　媽咪教你用湯匙、用筷子吃東西，
mā mī jiāo nǐ yòng tāng chí　　yòng kuài zi chī dōng xi

　　　　教你穿衣服、繫鞋帶、
jiāo nǐ chuān yī fú　　xì xié dài

　　　　　扣扣子、梳頭髮。」
kòu kòu zi　　shū tóu fǎ

「你慢慢地長大，手變大了，
Nǐ màn màn de zhǎng dà　　shǒu biàn dà le

眼睛也變大了。
yǎn jīng yě biàn dà le

現在已經是個小女孩囉。」
Xiàn zài yǐ jīng shì ge xiǎo nǚ hái luo

「我是小女孩了嗎？」
Wǒ shì xiǎo nǚ hái le ma

「你是一個非常可愛
Nǐ shì yí ge fēi cháng kě ài
的小女孩。」
de xiǎo nǚ hái

「媽咪，我長大會很漂亮嗎？」
Mā mī wǒ zhǎng dà huì hěn piào liàng ma

「未來很難說，
Wèi lái hěn nán shuō

但是媽咪認為你會像蝴蝶一樣漂亮。」
dàn shì mā mī rèn wéi nǐ huì xiàng hú dié yí yàng piào liàng

「媽咪，我長大會很聰明嗎？」
Mā mī wǒ zhǎng dà huì hěn cōng míng ma

「未來很難說，
Wèi lái hěn nán shuō

但是媽咪認為你會像貓頭鷹一樣充滿智慧。」
dàn shì mā mī rèn wéi nǐ huì xiàng māo tóu yīng yí yàng chōng mǎn zhì huì

「媽咪，我長大會和你一樣溫柔嗎？」
Mā mī wǒ zhǎng dà huì hàn nǐ yí yàng wēn róu ma

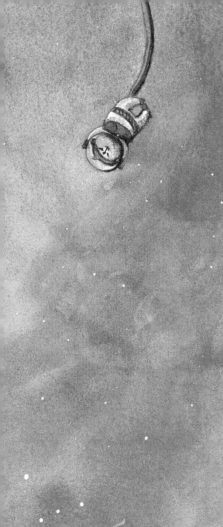

「未來很難說，
Wèi lái hěn nán shuō

但是媽咪認為你會像
dàn shì mā mi rèn wéi nǐ huì xiàng

窗外的月亮一樣溫柔。」
chuāng wài de yuè liàng yí yàng wēn róu

「我好想快快長大！
Wǒ hǎo xiǎng kuài kuài zhǎng dà

變得像蝴蝶一樣漂亮，
Biàn de xiàng hú dié yí yàng piào liàng

變得像貓頭鷹一樣充滿智慧。」
biàn de xiàng māo tóu yīng yí yàng chōng mǎn zhì huì

「媽咪很開心看你長大，更希望你健康快樂。」
Mā mī hěn kāi xīn kàn nǐ zhǎng dà gèng xī wàng nǐ jiàn kāng kuài lè

媽咪吻了吻小荳的額角，為她蓋好棉被。
Mā mī wěn le wěn xiǎo dòu de é jiǎo wèi tā gài hǎo mián bèi

睡覺的時間到了。
Shuì jiào de shí jiān dào le

「媽咪，我愛你！晚安！」
Mā mī wǒ ài nǐ wǎn ān

「我也愛你，晚安。」
Wǒ yě ài nǐ wǎn ān

我要快快長大，
Wǒ yào kuài kuài zhǎng dà

我要像大樹一樣強壯、
wǒ yào xiàng dà shù yí yàng qiáng zhuàng

像兔子一樣活潑、
xiàng tù zi yí yàng huó pō

還要像小鳥一樣會唱歌……
hái yào xiàng xiǎo niǎo yí yàng huì chàng gē

啊，還有還有……
à hái yǒu hái yǒu

夜深了，
Yè shēn le

連唱歌的青蛙也走進夢鄉……
lián chàng gē de qīng wā yě zǒu jìn mèng xiāng

作者介紹 —————

洪宏

高雄醫學大學高齡長期
照護所畢業，平時都忙
着論文和期刊的撰寫，
當然，還有最喜歡的寫作。
有十多年寫作經驗，寫過各式類型的
故事，目前傾力於兒童文學創作。
這是我的第一本繪本，它來自真實故
事改編，期待能為讀它的大小朋友，
帶來歡愉和温馨。

作者的話 —————

這是一個關於母女睡前親密對話的故事。

故事裏，我將孩子對長大的好奇心與媽媽對孩子甜蜜的愛，透過
對話渲染出濃濃的母女真情。

也在對話過程中，表現主角對於祖父母的關心與情感，培養孩子
對於年長者的關懷。

希望讀者能像書中的小荳與媽媽，一同靠在床頭、一同翻閱，享
受親子間共讀的樂趣與親密溝通。

最後，這本書要真摯地送給我的姊姊與外甥女。

她們母女的温馨互動，將透過故事傳達更多的愛出去。

也送給每一個成長中的孩子與他們的父母。

繪者介紹 —————

大Q

德明財經科技大學多媒體設計系畢業。
內心住着一個長不大的射手座小孩，
希望藉由插畫把內心最單純快樂的世界與
大家分享，温暖大家的心房。
已出版作品有《小茶壺送茶去》與
《布朗克卡住了》。
Facebook 專頁：Q Paradise

繪者的話 —————

第一次讀完故事後，覺得心暖暖的。

同時腦海中自然地浮現出一位橘紅色長髮
的女孩，在床上活潑地與媽媽對話。

故事裏的女孩——小荳，是個好奇又對未來充滿期待
的女孩，藉由與媽媽的一問一答，增添了許多童趣。

隨着故事發展，在作畫時加了些非現實畫面，來呈現
小荳小小的想像世界。

是個很適合小朋友睡前一起與爸爸、媽媽閱讀的故事。

我想快快長大　　文／洪宏　圖／大Q

ISBN：978-988-8483-88-4（平裝）
出版日期：2019 年 4 月初版一刷
定　　價：HK$48

文房香港
發 行 人：楊玉清
副總編輯：黃正勇
執行編輯：施紫亞
美術編輯：陳聖真
企畫製作：小文房編輯室
出 版 者：文房（香港）出版公司

總代理：蘋果樹圖書公司
地　　址：香港九龍油塘草園街 4 號
　　　　　華順工業大廈 5 樓 D 室
電　　話：(852) 3105250
傳　　真：(852) 3105253
電　　郵：applertree@wtt-mail.com

發　　行：香港聯合書刊物流有限公司
地　　址：香港新界大埔汀麗路 36 號
　　　　　中華商務印刷大廈 3 樓
電　　話：(852) 21502100
傳　　真：(852) 24073062
電　　郵：info@suplogistics.com.hk